SEINS- Im Spiegel der Seele

AF272470

Andreas Schärer

„S E I N S" – Im Spiegel der Seele

© 2006 Andreas Schärer
Umschlaggestaltung: Harry M. Bruppacher, Zumikon
Herstellung von Verlag: Books on Demand GmbH, Norderstedt
ISBN 3-8334-4950-0

Inhalt

Der Sämann

Ich möchte so gern der Sämann sein,
das Gute in die Welt zerstreuen.
Ein großer Wunsch so ehrlich und rein.
Ich würde nie ein Korn bereuen.

Sie sollen spriessen mit guter Kraft,
die Jugend messe sich an ihnen.
Das Gute hat es oft geschafft,
eine bessere Welt, sollen sie verdienen.

Jedes Feld auf Erden, soll das Korn berühren
und wachsen mit jedem Sonnenstrahl.
Die Welt, wird sie noch geliebt?
Ob sie lebt oder stirbt ist Eure Wahl.
Doch ich weiss, dass es keine zweite gibt.

Lasst den Glauben die Menschen wählen,
denn zwischen ihnen, wird auch ein Sämann sein.
Geboren werden neue Quellen.
Die Welt, das Leben, ihr seid nicht allein.

Von Generation zu Generation,
hat sich auch das Korn vermehrt.
Das ist der Lauf der Zeit, so ist es recht.

Und wenn Ihr das Gute im Korn niemals verändert,
bleibt das Fundament des Lebens,
aufrichtig, ehrlich und echt.

Stimmen

Stimmen so leise und doch laut genug,
um sie zu hören.
Stimmen von irgendwo, mal traurig oder froh,
Stimmen von innen, die singen.

Stimmen von Vater und Mutter,
die stets in Sorge um uns sind.
Stimmen der Kinder, die es nicht mehr gibt,
doch in unseren Herzen, für immer geliebt.

Stimmen von Omi, dem Himmelskind.
Stimmen, die wir kennen,
die wir beim Namen nennen.

Und wenn die Stimmen zu uns sprechen,
bitte ignoriert sie nicht.

Ich habe schon so viele Stimmen gehört,
und immer wieder hat sich
die innere Stimme für mich bewährt.

Der Fan

Der Hut, der Schal, die Mannschaftsfahne, das Trikot, die Schuhe.
Alle können erkennen und sollen auch wissen für welche Mannschaft
sie Fan sind.

Stolz, lautstark singen sie das Lied für Ihr Team. Sie sind nicht die Spieler, doch sie sehe sich als diese.
Sie bringen eine Superstimmung ins Stadion, Eine Einheit, die sich in Ihren Farben präsentieren. Ihre Augen glänzen, wenn sie stramm stehen, die Hymne ihres Vaterlandes singen und die Hand auf ihre Brust legen.

Und wenn das Spiel nicht so endet, wie sie sich das vorgestellt haben, treten die in Aktion, die sich leider auch Fan nennen.
In Ihrem Stolz verletzt, meistens alkoholisiert und in diesem Moment nicht ansprechbar auf Kritik sind.
Die klicken sich aus und vermehrt endet es mit Zerstörung, Gewalt und Brutalität.

Ich akzeptiere nur die Niederlage, doch nie den Grund deshalb Gewalt anzuwenden.
Haben wir nicht schon genug Kriege auf der Welt, die schon wegen einer Karikatur, oder einen dummen Spruch ausbrechen.

Wenn Ihr Eure Aggressionen nicht entladen könnt,
kein Ventil oder keinen Ausgleich zur Arbeit findet,
dann geht doch in den Wald und schreit es raus.
Rennt oder trainiert es raus. Vielleicht habt Ihr das
Potenzial eines Spitzensportlers.

Zeigt Euer Fairplay unter den Fans, wo ist der
gratulierende Händedruck für den Gegner?
Viele können es.
Und die anderen vermiesen es. Das ist ja so was von
armselig, wenn Ihr nicht die Größe besitzt und dem
Gegner seinen Sieg gönnt.

Der Fan ist doch die moralische Stütze, die Eure Idole
erfolgreich machen. Sie Spielen für Euch.
Der Fan ist der, der bei jedem Wetter motiviert
am Spielfeld steht, der die Daumen drückt und die
Leistung der Spieler schätzt.

Alle die, die ein Spiel besuchen, freuen sich riesig
darauf. Ein richtiger Fan nimmt auch eine Niederlage
in Kauf und bleibt trotzdem ein Fan.
Die Spieler verlieren nur Ihre Leistung, wenn gerade
Ihr als Fans fehlt und Ihnen zeigt, dass Ihr nicht mehr
an sie glaubt.

Leistung erreichen wir nur, wenn wir auch wissen,
dass wir mit Eurer moralischen Unterstützung rechnen
können Eure Gegenwart macht uns stark.

Er versteckt nicht die Fanclubfahne im Keller und ist
erst wieder Fan, wenn die Mannschaft gewinnt.
Wie oft fragte ich mich schon, wenn ich Euch so
zuhöre, da Ihr doch alles besser wisst, warum seid Ihr
denn nicht Fußballer oder Skifahrer oder sonst ein
Profisportler geworden?

Wie faszinierend und begeisterungsfähig Ihr immer
seid, emotional kämpfend und leidet wie die Spieler,
Ihr zeigt Freude und verliert Tränen,
einfach echte Fans.
Das macht ein Spiel aus, ohne Euch ist es wie in einem
Hexenkessel ohne Feuer.

Ihr, die doch der Welt zeigt, mit welchem Stolz Ihr
hinter eurer Mannschaft steht.

Weshalb lasst ihr denn Euch doch immer wieder
hinreissen, von denen die Fairnis nicht kennen , die
Euch nicht respektieren und nicht schätzen, was ihre
Idole geleistet haben.

Diese Gewalt zerstört den Glauben an Euch und
schadet den wirklichen Fans.

Herr Abfall

Herr Abfall spaziert auf Trottoir, Strassen und
Wegen.
Und immer wieder läuft er an Herrn Kübel vorbei.

Eines Tages fällt Herrn Abfall auf, dass er immer
denselben Typen unterwegs trifft.
Ihn doch aus Bequemlichkeit ignoriert.

Also nimmt sich Herr Abfall vor, am nächsten Tag
Herrn Kübel nicht zu ignorieren.

Und als der nächste Tage anbricht und Herr Abfall
auf der Strasse entlang geht, auch oftmals etwas liegen
lässt,
trifft er den besagten Herrn Kübel.

"Guten Tag, Herr Kübel, schön Sie zu sehen",
sagt Herr Abfall freundlich.
und Herr Kübel steht wie immer nur da,
sieht ihn an und antwortet etwas erstaunt:
„ Kennen wir uns"?

Der letzte Engel

Es wäre ein schöner Tag zum Spielen gewesen.
Die sanften Kinderstimmen, ihr Lachen oder das Lied,
das sie jeden Tag sangen.

Nichts, es ist nichts mehr zu hören.
Denn der letzte Engel holt alle Kinder ab, die den
Krieg nicht überlebten.

Die Stadt und das bisschen Strasse, das von den vielen
Bombenanschlägen übrig geblieben ist, ist genau so
breit, wie
der alte Holzwagen, den der letzte Engel hinter sich
nachzieht.

Seine Augen voller Tränen der Enttäuschung und
Trauer.
Kein Haus, kein Baum steht mehr ganz an der Strasse,
wo es hier doch so idyllisch war.

Der Krieg hat keinen Verstand und auch nicht die, die
ihn beginnen.
Auch die kleinsten werden nicht verschont.
Sie wissen nicht, dass dieses Spiel ein
Krieger zu sein, in einer Sackgasse endet.

Der letzte Engel zieht seinen Wagen weiter durch den
ausgelöschten Weg aus zerbrochenem Glas.
Sein alter Holzwagen ist voll, der Himmel wartet.

Kinder sind auch auf Erden Engel und sie sind die
Zukunft der Welt,
in so vielen Teilen der Erde sind sie vereinsamt,
verlassen, verloren.
Doch ohne sie, wird die Welt ein sterbender Globus
werden.
Er zieht weiter aus der Stadt hinaus, am letzten
Olivenbaum vorbei.
Vergebens sein Wunsch, seinen Wagen leer zu ziehen.

Ich werde den Krieg ewig hassen!
Denn kein Kind verdient es, anstatt zu spielen, in den
Krieg zu ziehen,
um vergebens für die Grossen sein Leben zu lassen.

Dann verlässt der letzte Engel die Stadt.
Und die Dunkelheit löscht das Licht.

Leider gibt es Neider!

Trage Dein Kreuz und ist es auch nicht leicht,
haben viele ihr Ziel mit Ehrlichkeit erreicht,
gekämpft und oft gefallen, doch immer wieder
aufgestanden,
sich der Welt gezeigt, egal wo sie auch landen.

Jammernd, fluchend, seiner Verantwortung
auszuweichen,
ignorierend, desinteressiert uns die Hand zu reichen.
Auf diese Weise werdet Ihr Eure Ziele nie erreichen.

Umgeben von allen Arten Menschenrassen
und den dummen Sprüchen von dem, was wir an
ihnen hassen.
Es denken viel zu viele nicht so weit,
die Jugend zieht daraus ihre
Missgunst und den Neid. Das tut mir leid.

Zerstört wird, was für viele unersetzbar ist,
sie interessieren sich nicht für die Gesetze.
Entblößt wird, was für viele heilig ist,
egal ob es den Weltfrieden verletze.

Wir fangen auch schon als Kinder an
und lernen nicht, dass man den andern
ein bisschen mehr gönnen kann.
Der Verstand bleibt auf der Spur,
Mensch, was machst du nur?

Die Welt so groß und doch zu klein für unser Leben.
Kein Verständnis für das, was wir nicht haben.
Zu wenig Menschen haben diese Gaben.

Das Leben auf Erden, währe so wundervoll und heiter.
Doch leider gibt es Neider!

Der Ehering

Ich gestehe vor dem Altar,
vor einer großen Gästeschar
und gebe offiziell nun zu
meine Zukunft, die bist Du.

Ein ganzes Leben lang zusammen zu sein,
ehrliche Worte sind nicht zum Schein.
Das Glück habe ich von dir erhalten,
es werde ewig in meinem Herzen walten.

Was so oft die Realität vergaß,
ist die Brille mit dem rosa Glas.
Auch schlechte Zeiten kann es geben,
so ist nun mal das Eheleben.
Doch wir entschieden uns, gemeinsam diesen Weg zu
gehen
Und so werden wir auch unsere Schwierigkeiten
überstehen.

Lasst die Liebe nicht zur Gewohnheit werden,
denn das Feuer brennt noch immer in Euren Herzen.
Wir brauchen diesen Platz nicht für Schmerzen,

Drum schaut ab und zu auf den Fingerring.
Er glänzt noch immer mit Verstand.
Und ist mehr als nur ein Schmuckstück an Deiner
Hand".

Welt großer Schrank

Die Menschheit lebt in einem großen Schrank,
im Hause der Gesellschaft, gebaut aus vielen
verschiedenen Hölzern.

Ob der einzelne Mensch, oder ganze Völker in den
obersten, mittleren oder unteren Schubladen versorgt
werden, entscheidet die Gesellschaft.

Doch wer ist die Gesellschaft? Sind es die aus der
obersten Schublade, mit dem Luxus Schmuck, den
weißen Westen, die in der höchsten Position stehen?

Oder sind es die aus der mittleren Schublade, die
Arbeitstiere mit dem Markenlabeltick aus dem
Ausverkaufregal 3 für 2?

Oder vielleicht die aus der untersten Schublade die
bekannten aus dem Strafregister
mit den geklauften Lederjacken, den kopierten
Designerstücken nach dem Motto: unecht ist auch
recht.

Alle guten Dinge sind drei im Schranke der
Gesellschaft.

Eines Tages kippte dieser Schrank um, weil das Haus
der Gesellschaft wieder einmal etwas wackelte.
Die drei überfüllten Schubladen fielen zu Boden, auf
dem, wo die einen darauf kriechen und andere ihn
schon lange nicht mehr unter den Füssen haben.

Der Luxusschmuck mischte sich mit dem Strafregister, Lederjacken
Und die Markenlabel aus dem Ausverkauf mischten sich mit kopierten Designerstücken und den weißen Westen.
Als das Zimmermädchen mit dem Namen Olga, mir egal, sich keine Gedanken machen wollte, in welche Schublade welches Kleidungsstück kommt, bügelte sie alle zuerst und legte sie schön zusammen, danach versorgte sie alles kreuz und quer.

Weil wir das Leben und unsere Mitmenschen zu oft oberflächlich betrachten.
Sehen alle Kleidungsstücke für uns sehr gepflegt aus und machen auf ersten Blick einen guten Eindruck.

Und wenn die Medien wieder einmal in einer unseren Schubladen der Gesellschaft etwas tiefer stöbern, werden wir oft überrascht und müssen feststellen, dass ein Kleidungsstück aus unserem Schrank, dass wir so speziell fanden,
jahrelang in der falschen Schublade untertauchte und wir es nie bemerkten.

Ich küsse meine Seele

Ich küsse meine Seele, fort gehe ich aus mir,
die Hülle bleibt, zurück an dieser Stelle.
In Gottes Namen, danke ich Dir.

So ist der Lauf der Zeit,
zwischen Lichterglanz und Ewigkeit.
Wo der Frieden ewig weilt,
sterben Schmerz und Streit.

Die Uhren laufen weiter,
Sekunden, Minuten, Stunden.
Das Leben wird auch wieder heiter,
zurück bleiben offene Fragen.
Die Zeit heilt alte Wunden.

Aus den Augen, aus dem Sinn,
Ob ich, Du oder irgendwer,
noch bleibt so vieles im Herzen drin,
das wisst auch Ihr und ist es noch so schwer.

Richtung Boden ist Euer Blick gewandt,
meine Stimme versinkt im Wind.
Genießt das Leben mit Verstand,
ob im Alter und auch als Kind.

Hier oben sind wir Seelen nicht irgendwer,
denn irgendwann kommt auch Ihr hierher.
Nur einmal hört Ihr die Stimme, aus dem Himmel,
dann beginnt auch Eure Reise zu den Engeln.

Mensch dieser Mensch

Hektische, ungezähmte Menschheit. Egoistisch,
rücksichtslos, alles ist egal.
Jeder will für sich sein und doch nie alleine dastehen.
Brutalität von Kindheit an, denn Papi hat gesagt...

In sein Schneckenhaus verkriechen, denn da sind sie
eingeschlossen frei,
Aus den einen duftet das Marihuana, es betäubt ihren
sphäreendlosen Tag,
wo die Sucht beginnt, den Tag länger zu machen.
Betäubt ist die Wahrheit und was und wer Ihr seid.

Streit und schreiende Stimmen, suchend nach Hilfe
sich quälend.
Laute Musik tönt im Kopfhörer, die zwölfte Flasche
Bier rollt über den Teppich, leer.
Nicht so sein wie sie, sondern eine Gruppe bilden und
steht sie auch am Rande.
Idole der Vergangenheit, der Gruppenzwang, eine
Einheit zu sein,
Worte eines Diktators zur Lebenseinstellung
verherrlichen.
*Wer die Vergangenheit ignoriert, hat daraus nichts
gelernt.*

Minderwertigkeitskomplexe, heißt den Luxus
abstottern, auf einem Schuldenberg.
Kein Weg führt zurück, denn sie wollen noch höher
hinauf.

Und rollt der Luxus noch auf vier Rädern möglichst breit und provozierend,
rasen sie damit auf den Strassen und liefern sich sinnlose Rennen.
Und immer wieder kassiert der Tod das Preisgeld, doch nur im Rausche der Geschwindigkeit, fühlen sie sich groß, dabei sind sie ja so arm und klein.Doch sie glauben, die Macht zu besitzen, sich mit Gleichgültigkeit zu motivieren und dabei der Coolste, Schnellste zu sein.
Ohne Kläger, spricht kein Richter.

Vom Spargeltarzan in einem Jahr zum Schwarzenegger wachsen, ist doch gar kein Problem, wenn der Verstand schwindet, wächst der Muskel.
In eigens dafür vorgesehenen Centern trainieren sie sich fast zu Tode.
Präsentation der ersten Muskelstränge.
Nach fünf Minuten glauben sie denselben Muskel verdoppelt zu haben. Geht nicht, da kennt einer die Sportlerdrogen nicht.
Nebst dass es Dir die inneren Organe zerreißt, wachsen auch Deine Muskeln schön, oder? Der Chirurg richtet, was nicht so ist, wie es die Natur wollte.
Eitelkeit ist der Geldgeber, der unsere Hüllen vergoldet.

Die Jungbrunnen werden mit neuem Wasser gefüllt, denn alt wollen wir nicht sein.
Doch ist die Hülle noch so jung, vergessen wir gern, dass der Mechanismus des Innern sich nur wenig verändern wird.

Der Wahn, sein Alter zu ignorieren, an der Spitze zu
stehen, die Nr.1 zu sein, forever young.
Nobody ist perfekt.

Geld, Geld und noch mehr Geld, ja wir wollen noch
mehr davon konsumieren, das Leben im Materialismus
genießen.
Sich vergessen, der Welt den Rücken zu kehren, wo
sich eh niemand für einander interessiert und wo alles
der Menschheit aus den Händen gerät.
Krieg entsteht aus Langeweile, der Terror ist der
Neid, nicht gerade zu bekommen, was man will.

Anwälte und Psychiater liefern Überstunden. Die
Schmerzen betäuben wir mit Tabletten und Alkohol.
Mit Drogen rechtfertigen wir die Ausrede, nicht zu
akzeptieren, was auf der Welt geschieht.
Ist doch mir egal, ist die Antwort der heutigen Moral.

Andere kritisieren wir, weil wir mit den eigenen
Problemen nicht mehr klarkommen.
Das Einkommen zu klein, der Lebensstandard zu hoch.
Kinder sind auch noch da. Doch der Mensch stellt das
Kind als zu hohen Kostenfaktor dar, laut Statistiken
aus den Presseberichten. Bevorzugt werden Haustiere.
*Der Mensch ist für die Katz, und die Katze wird
vermenschlicht.*

Und sollte es doch geschehen, dass es Kinder gibt,
haben wir genügend Einrichtungen für unsere
Kinder, wie Kinderkrippen, Tagesstätten, Babysitter
oder Internate. Der Job ist doch das Wichtigste,
entschuldigt sind die, die müssen.

In unserer Freiheit, alles zu tun und zu lassen, was wir
wollen.
Doch für den Schein mehr zu sein, geben so viele
alles, was sie können, bewusst oder unbewusst.
*Haltet alles im Rahmen und jedes Bild wird speziell
sein.*

Kein Wunder, glauben immer mehr Menschen mit
ausgefülltem Lottoschein,
wartend bis ans Ende der Welt und am Rande Ihrer
Existenz.
Sie seien nur wichtig, wenn man sie als V.I.P
bezeichnet.
*Vergib auch Ihnen, denn sie wissen fast alle, was sie
tun.*

Das Kind in uns

Als wir noch Kinder waren,
fanden wir viele kleine Dinge,
die uns faszinierten, zu Hause
und noch mehr als wir draußen spazierten.

Immer mehr machten wir alles,
was uns interessant genug erschien,
den anderen nach, bis es langsam
auseinanderbrach.

Als Teenager wollten wir immer raus.
Gingen zu Hause mehr als genug nur ein und aus.
Wir machten alles mit,
Haarschnitt, Mode bis hin zum Allerletzten, und
tagelang von einer bis zur anderen Boutique hetzten.

Das Kind in uns, wird immer leiser.
Denn wir werden von Tag zu Tage weiser
Es passt nicht mehr zu uns, ich höre es kaum
Ignorierend, stellten wir es in einen Raum.
Dann haben sie unsere Spielzeuge weggegeben.
So starb vorübergehend das Kind in unserem Leben.

Für Neues bereit, entdecke andere Ufer, fremde
Welten
das Leben, die Liebe, die Freuden und Schmerzen.
Die Ziele, die Ehe, es geht noch weit, jetzt sind wir
bereit.

Vater und Mutter sein, das wollten wir so sehr
und siehe da, mit dem ersten Teddybär,
fällt auch mal, das Kindischsein nicht schwer.

Das Kind in uns ist wieder da,
welches ich so viele Jahre nicht sah.
Das Kind in uns ist aufgewacht,
es spielt, es singt und lacht.

Wir fühlen das Glücklichsein noch mehr,
denn wie schnell hatten wir es doch vergessen.
Sogar unsere Augen glänzen sehr,
wir hatten uns so sehr an anderen gemessen.

Dank unseren Kindern, wird das Kind in uns neu
geboren.
Lasst es spielen, toben und zieht es nicht gleich an den
Ohren.

Und bitte lasst das Kind in uns, nicht wieder so
schnell gehen,
denn Jung und Alt würden sich auf dieser Welt
vielleicht viel besser verstehen.

Mein Brief an die Jugend

Wo geht Ihr hin? Was macht Euch so traurig? Ist Euch
das Leben denn so fremd?
Leben heißt kämpfen, geschenkt wird Euch nur ein
Lächeln.
Tipp! Nehmt es an, und gebt es weiter!
Denn damit seht ihr erst einmal viel besser aus
und der Erfolg im Leben erhöht sich umso mehr.

Und mit Kämpfen, meine ich nicht die Gewalt an den
Schulen, auch nicht die Kleinkriminalität, die ausgeübt
wird, noch Brutalitäten sich auf das Handy
Laden, um damit zu protzen, weil es Euch langweilig
ist?

Euer Leben ist wertvoll, werft es doch nicht einfach so
weg,
Eure Eltern haben keine Zeit für Euch? Ihr müsst Euch
selber erziehen.
Und seit gebrannt, weil ihr schon früh alleine gelassen
werdet.
Den hohen Lebensstandard wollen oder können Eure
Eltern nicht aufgeben und
mit Kindern, etwas zurückschrauben? Nein, auf nichts
wird verzichtet!

Was ist der Sinn des Lebens?
Es ist, Eurem Leben einen Sinn zu geben!
Ihr seid die Zukunft, die Zukunft der Welt, die in
Euren Händen liegt und die Ihr Euren Kindern und
späteren Generationen weitergeben dürft.

Das Hinterfragen wird Euch plagen.
Wir bügeln schon lange die Fehler unserer Eltern
aus, die mit stinkenden Fahrzeugen, Spraydosen und
Abfällen die Umwelt belasteten.
Doch wir hatten ein zu Hause, Eltern, mit denen wir
noch kuscheln und plaudern konnten.
Wir werden alle immer etwas klüger und lernen aus
den Fehlern der anderen.
Ausser den Ignoranten.

Warum entscheiden sich so viele Jugendliche für den
Selbstmord?
Weil Ihr Euren Eltern so am meisten weh tut? Oder
warum?
Euer Verlust ist auch unser Verlust und sterben
werden wir alle einmal.
Lasst uns nicht so feige sein, uns vor der
Verantwordung Leben zu drücken.
Als Engel könnt Ihr vieles tun, doch auf Erden seid
ihr jetzt wichtiger.
Im Rausch von Drogen flüchten, von der Realität sich
aus dem Leben ausklicken.
Ihr missbraucht Euch für Modedrogen und vergesst,
dass das Leben, die Natur und Euer Umfeld, Euch so
vieles geben können.

Lust auf gar nichts, Lust auf Hängen, stillzustehen,
nichts zu machen,
Fast Food Dinner und Mikrowelle sind Eure Köche.
E-Mail und Computer Eure Freunde.
Miteinander zu plaudern via Handy- SMS lassen
vergessen, dass Ihr eine Persönlichkeit seid.
Sprecht von Du zu Du, seht Euch an, fühlt das
gegenüber, seine Mimik und Gestik.

Wie schön ist es zu sehen, wenn sie einen roten Kopf bekommt nach einem Kompliment.
Wie die Augen glänzen aus Liebe und Glücklichsein.
Und wie doch eine spontane Umarmung gut tut, nach tröstenden Worten.

Also vergesst nie: sprecht miteinander und sagt, was Ihr fühlt. Ich werde es immer tun und so werde ich auch ewig ein Mensch sein mit Selbstachtung und großem Respekt vor allen Mitmenschen, so wie vor Euch, der Jugend.

Hoffnung

ist eine innere Kraft unterstütz von unserem Willen,
nicht aufzugeben.
Ich will sie, ich habe sie, ich suche sie, ich hatte sie,
die Hoffnung, von den Menschen so unterschiedlich
empfunden.

Wir begegnen ihr jeden Tag, immer wieder sprechen
wir von ihr.
Hoffentlich geht alles gut, ich hoffe es, last Euch
Hoffnungen machen
und irgendwann im Tage findest auch du das Wort in
deinem Munde.

Leise fast still sind noch meine Gedanken, die den Tag
ignorieren
und die Nacht vergessen.
Wenn ich sie nicht finde, findet sie mich? Kommt sie
wieder zu mir zurück, die Hoffnung, die wir doch alle
immer als letztes aufgeben.

Als Optimist wächst die Hoffnung in mir, wie Rosen
in der feuchten Erde.
Für andere hat sie keinen Platz, da ihr Wachsein als
Alptraum erscheinen mag.
Scheint alles noch so aussichtslos, ist die Hoffnung
ein Strohhalm, an den wir uns klammern und ist er
noch so klein.

Aus dem Himmel scheint ein kleines Licht auf mich hinab.
Ein Licht das sich bei mir, gerade bei mir vorstellen möchte.

Ich sehe es ungläubig an und leise fragt es mich; darf ich mich vorstellen?
Bitte; ist meine Antwort.
Ich schließe meine Augen, weil mir alles so seltsam erscheint.

Es wird wärmer und heller um mich, langsam berührt mich das Licht und sanft spricht es zu mir: Glaube an mich, ich bin die Hoffnung und öffne deine Augen, denn Du bist nicht stark genug, um deinen Weg mit geschlossenen Augen zu gehen.

Fühle das Licht und glaube daran, denn ich werde dich nie in deiner Dunkelheit stehen lassen, so wirst Du den Weg, ja Deinen Weg finden.

Sollen meine Worte Euch Hoffnung schenken, weil ihr doch aufeinander zugeht und jetzt nicht still stehen wollt.

Ich bin ein Träumer

Ich sehe alles in Bildern, so klar.
Die Seelen tragen den Sinn in sich,
so vieles ist doch war.

Ob am Tag oder in der Nacht, bin ich ein Träumer in
meinem Leben,
weil gerade sie, mir so viel geben.

Und schreit mich die Realität auch an, zieht es mich
immer wieder in ihren Bann.

Das schlimmste für mich, ist
aus meinen Träumen aufzuwachen.
Doch ich habe mich nicht dagegen gewehrt sondern
daraus gelehrnt.

Und sage mit meinen Texten, mit abertausend Sachen,
was mit uns passiert.

Die Sorgen des Briefkastens

Als ich noch jünger war, hatte ich jeden Tag Besuch. Der Briefträger wirft
mir Briefe und Karten ein, die von Hand geschrieben sind.
Das musste für jeden vom Haus immer etwas Besonderes gewesen sein.
Denn jedes Mal, wenn die Leute vom Hause mich öffneten, wussten sie genau, von wem die Post ist.
Schau, das ist der Brief von Opa und einer von Tante Klara in Berlin und eine Karte von den Jungs aus ihren Ferien in Spanien.

Die Handschrift, in die wir unsere ganze Persönlichkeit legen, sagt so viel über uns aus.
Wie alt wir geworden sind, wie gut es uns geht, wie viel Zeit, wir uns für die paar Zeilen genommen haben und wie gerne wir geschrieben haben.

Es gibt die alte Schrift, wie die von meinem Vater, die schwer zu lesen und so faszinierend ist. Oder die Schrift meiner Mutter, die fast so aussieht wie jetzt die meine, und die meiner Geschwister, die alle sich sehr ähnlich sehen und doch können wir sie jedem einzelnen zuordnen.

Es macht doch Spaß, wenn wir einen Brief an den Schatz schreiben und anstatt eines I-Punkts Herzen darüber zeichnen. Oder irgendeine kleine Zeichnung auf das Blatt malen, etwas, was so typisch für uns ist.

Doch die Zukunft der Unterhaltungselektronik
interessiert sich nicht für diese Persönlichkeiten.
SMS, E-Mail, WEB. Natürlich das ist unsere Zukunft,
denn es muss ja alles schnell gehen.
Die Schrift ist vorgegeben oder du kannst sie
auswählen. Wer schreibt denn noch von Hand auf
Papier?

Und was ist mit dem Briefkasten?
Ich bin ja überhaupt nicht gegen den Fortschritt,
doch ich bin dagegen, dass wir aus Bequemlichkeit
unser ganz persönliches und so typisches in unserer
Handschrift verlieren.

Wir fangen auch an, die Zeitung via Internet zu lesen.
Wie lange geht es noch, bis wir den Briefkasten und
den Briefträger nicht mehr brauchen?

Ich hoffe, dass wir den Fortschritt genießen und dabei
nicht vergessen, dass wir unsere ganze Persönlichkeit
mit all unseren Facetten und Finessen nicht verlieren
sollten.
Damit wir nicht vor dem Computer vereinsamen,
verbunden mit der Welt und trotzdem alleine sind.

Denn darüber würden sich nicht nur alle Briefkästen
auf der Welt freuen.

Wahre Größe

Wie die kleinen Zweige in der Krone der Bäume,
greifen auch wir nach dem Himmel und den Sternen.

Wir wachsen, reifen und zuletzt erreichen wir doch
nicht die Größe,
die wir doch so gerne gehabt hätten.

Noch nicht einmal versucht, geben viele schon auf.
Doch wer sagt, dass wir es nicht erreichen werden?

Die Wurzeln, die Dich an deiner Erde halten,
wachsen genau so tief.

Klein zu sein ist auch eine Größe.
Und deshalb lassen wir uns nicht entmutigen
oder geben sogar einen Traum auf.

Man sollte sich so auch nur das eine vor Augen
halten:

Wenn Du als kleiner Baum in der Welt stehst,
ist deine Größe genauso viel wert, wie die einer zehn
Meter hohen Tanne.

Du schaust nur aus einem anderen Winkel in die Welt.
Und vergisst nie, dass wahre Größe nie messbar sein
wird.

Trost

Zwischen Wolken wiegen sich die
Seelen im Sonnenlicht, Seelen,
die uns so nahe standen.

Auf dem endlosen Weg
direkt in Gottes Herz.

Nicht alle fliegen sofort weiter, einzelne Seelen
möchten
noch einmal sich in irgendeiner Art
und Weise verabschieden.

Die einen rufen uns zum Abschied zu,
andere erscheinen im Licht.
Wenn unsere inneren Stimmen schweigen,
hört Ihr sie vielleicht auch.

Haltet sie nicht mit Eurem Willen zurück
nur weil wir nicht wollen, dass sie gehen.

Ich weiß die Trauer in unserem Herzen ist groß,
weil wir uns für immer von ihnen verabschieden
müssen.

Doch der Wunsch der Seelen, sie ziehen zu lassen,
ist abermals größer.
Erfüllt ihnen doch diesen letzten Wunsch.

Ihr lebt jetzt, sie sind entschlafen haben es vollbracht
deshalb sprecht durch Gott ganz sacht
mit den Seelen und lasst sie gehen.

Denn wo immer sie sind, zwischen Himmel
und der Ewigkeit,
werden sie in seiner Nähe gut behütet sein.

Ein gutes Gespräch

Ein gutes Gespräch ist wie ein Lied.
Hört gut zu, fühlt und findet den richtigen Ton.

Und so beginnt leise eine Melodie aus Worten,
Gefühlen und einer Harmonie, verstanden zu werden.

Ihr werdet Euch finden, auf selber Ebene genießt Ihr
die Stimmung zu zweit.

Die Kraft Eurer inneren Schönheit zeigt, wer und wie
interessant Ihr seid.

Bleibt ehrlich, damit Ihr diese Melodie von ganzem
Herzen,
so oft wie möglich im Geist, Körper und Seele hören
könnt.

Armutszeugnis

Nichts gleicht mehr einem Armutszeugnis,
als sich an Äußerlichkeiten zu messen.

Oberflächlichkeiten zu schätzen
und sich mit fremden Federn zu schmücken.

Weil wir uns weder die Zeit nehmen,
zu bequem sind, oder die Geduld dazu nicht haben,

uns, unsere eigenen Federn wachsen zu lassen.

Der kleine Tropfen namens Wille

Immer wieder ist es interessant die Wolken zu beobachten.
Was sie alles für Formen annehmen und was wir mit unserer Fantasie darin alles sehen können.

Schon wieder zieht eine schwarze große Wolke durch den Himmel und ich höre ihr einmal richtig zu.
In dieser Regentropfenmenge sitzt ein kleiner Tropfen namens Wille und Wille hat sich etwas in den Kopf gesetzt, deshalb fragt er alle anderen Tropfen dasselbe:
„Wo geht ihr hin"?

„Wir fallen zur Erde und verdampfen, wir fallen auf die Strassen und werden zu Pfützen und wir landen irgendwo" sind die Antworten der anderen gelangweilten Regentropfen.

„Und wohin willst Du, dass Du uns immer die selbe Frage stellst" will der Wind wissen, der sie durch den Himmel bläst.

„Ich will nach Afrika" da lachen ihn alle aus, nach Afrika was für eine Idee?
„Ich will nach Afrika" wiederholt der kleine Tropfen Wille nochmals etwas beleidigt.

„Und was willst du den in Afrika"? fragt der Wind nochmals.
„In Afrika kann ich vielen durstenden Kindern und Erwachsenen zu Trinken geben.

Durch uns könnten die Felder gedeihen, Korn und Gemüse würden wachsen und sauberes Wasser würde die Krankheiten mildern.

Ich weiss, die warten alle auf uns und ihr wollt nur hinabfallen, um eine Pfütze zu werden oder um irgendwo zu liegen".
„Aber nach Afrika zu kommen ist sehr schwer und ich weiss nicht, ob wir alle da ankommen werden", antwortet der Wind

„Was meint ihr Regentropfen, wollen wir es versuchen, nach Afrika zu kommen, den Menschen gemeinsam ein Geschenk zumachen. Fragt nochmals der kleine Tropfen Namens Wille.

Und so geschieht was sich der kleine Tropfen so sehr gewünscht hat.
Alle rufen Wir wollen auch nach Afrika!
Wenn wir schon die Möglichkeiten haben, etwas Gutes auf der Welt zu vollbringen, dann müssen wir nicht nur darüber diskutieren, sondern auch versuchen, es zu verwirklichen.

Der Wind bläst mit voller Kraft über alle Grenzen hinaus. Es hat sich bei den Wolken herumgesprochen, dass sie gebraucht werden und es folgen immer mehr Regentropfen der großen schwarzen Wolke.

Ich hoffe solange, bis Wasser für alle Menschen auf Erden wie bei uns, jeden Tag ganz selbstverständlich sauber und trinkbar aus dem Wasserhahn läuft.

Alles Glück auf Erden

Einst unbekannt und fremd auf Erden,
beginnt eine neue Stimme, mit Euch zu flirten

Eure Gefühle lassen Schmetterlinge fliegen,
werdet Ihr mit Euren Worten richtig liegen?

Glänzende Augen, das Feuer entfacht
Leidenschaft beginnt ganz sacht,

Ihr habt Euch gefunden, das Schicksal half dabei.
So heilen alle Wunden, aus einem wurden zwei.

Ein kostbares Geschenk habt Ihr aus Liebe erhalten,
nun dürft Ihr Euch voll und ganz entfalten

Gott und wir alle wünschen, dass Ihr glücklich seid,
jede Sekunde habt Ihr die Gelegenheit.

Der Verstand sagt ja, in Eurem Herzen ist alles klar,
Und vielleicht werdet Ihr sogar ein Ehepaar!

Alles Glück auf Erden, fließe in Eure Liebe und Ehe
ein
so werdet Ihr ein Leben lang glücklich sein.

Weiße Taube

Immer wieder von vorne beginnen, sich selber
Motivieren, dauernd
im Dunkeln zu Laufen, auf der Suche nach dem Licht.

Allein gelassen und von seinen eigenen Gedanken
angelogen zu werden,
lässt uns jeden Satz und jeden neuen Schritt, leise mit
vielleicht beginnen und beenden.

Und werfe ich ein Korn hinaus in die
widersprüchliche und kriegerische Welt,
mit dem Glauben und der Hoffnung dass es in der
Erde gedeihe, um uns eines Tages mit dem guten
Gedanken zu nähren,
frisst es eine weiße Taube weg, die für uns den
Frieden symbolisiert.

Und immer wieder beginne ich Körner in die Welt
hinaus zu werfen,
solange bis wir alle und die hinterste und letzte weiße
Taube satt davon wird.

Geboren

Ganz klein ist unsere Hand so schwach, um
irgendetwas zu halten.
Du bist ja da und hältst mich fest.
Meine kleinen Hände sind schon viel stärker
geworden.
Die Zeit sie lässt uns wachsen.

Erstaunt bist Du, weil ich Dich schon so fest halten
kann.
Schon wieder ist ein Jahr vorbei und zudem kann ich
schon langsam gehen.
Auch Du bist bei mir, denn mit Dir fühle ich mich,
so klein ich auch bin, unbeschreiblich glücklich.

Schau, ich kann schon so vieles alleine.
Du brauchst mich gar nicht mehr zu halten.
Ich sehe Euch beide mit einem Lächeln im Gesicht.
Ich wusste noch nicht, dass das sich auch einmal
ändern wird.

Du läst mich öfters los, umso mehr genießen wir die
Momente, an denen wir uns fest umarmen.

Was geschieht denn jetzt. Wir streiten und sind
zornig. Was ist richtig was ist falsch, was ist es, was
Dich so verärgert.
Ich bin schon größer, Du sprichst von Aufgaben und
Pflichten, doch ich möchte doch nur auf Deinem
Schoss sitzen, Dich festhalten.

Jetzt bin ich groß. Unsere Wege haben nicht mehr oft dieselbe Richtung.

Und wenn Du mich bei einem Besuch in Deine Arme nimmst, ist es dieser Moment den ich mit allen meinen Erinnerungen als Dein Kind, wie alt ich auch bin, ganz besonders genießen werde. Ich vermisse es sehr.

Der Lauf des Lebens zeigt auch seine Spuren an Dir und es beginnt unaufhaltsam eine Wende. Plötzlich muss ich Dich halten, weil Du zu schwach bist, Dich festzuhalten.

Deine körperlichen Gebrechen vermehren sich, Deine Kräfte schwinden.

Mein Herz weint leise, doch Sorge Dich nicht, denn ich werde Dich noch lange halten.

Und so kommt es so, wie es die Zeit Deines Lebens bestimmt hat.

Ich versuchte Dich zu halten, doch Du bist in meinen Armen entschlafen.

Gott nimmt Dich an seine Hand Du bist gegangen.

Jetzt kann ich Dich nie mehr umarmen, Dich nie mehr sehen,

Dich nie mehr hören, Dich nie mehr halten.

Einschneidende Momente voller Schmerz, die ich in mein Herz meißle.

Aus diesem Grund gibt es unsere Herzen, denn darin finden wir den Glauben, die Erinnerungen, die Vergebung und die Liebe zu Dir, die weit über den Tod hinausgeht.

Ich über mich

Mein Aussehen, liebte ich so sehr,
damit glaubte ich, der größte zu sein.

Arroganz und Überheblichkeit sind auch Zeichen
von mangelndem Selbstbewusstsein,
weil man sich mit dieser Haltung, seine schwächen
nicht eingestehen will.

Ich verletzte so viele die es gut mit mir meinten
spielte mit dem Feuer und löschte es noch bevor
es zu brennen begann.

Doch auch ich lernte, aus meinen Fehlern,
und sah es ein, ehrlich gesagt nicht immer gern.

Doch ich fand in mir, einen lieben Kerl
unkompliziert, fröhlich und lache gern.

Denn meine Hülle, die einst mal war,
veränderte sich von Jahr zu Jahr.

Nun bin ich alt genug und sage Dir,
ich habe mich angenommen,
ich stehe aufrecht und bin ehrlicher mit mir.

Ich hatte es früher nur nicht gern gehört.

Das die inneren Werte und Schönheit zählen
damit Deine Ausstrahlung wirken kann.

So wurde ich von einem verspielten Kind,
zu einem zufriedenen Mann.

Stille

Stille finde ich nur wenig in dieser Zeit,
Gedanken kommen und gehen,
Optimismus und Mut
finden immer weniger die Gelegenheit.
Ich möchte den Frieden sehen.

Mit Liebe er uns verzeiht und wünscht
Glücklich ohne Armut zu Leben.
Warum ist nah, denn so weit?
Sie wollen es einfach nicht erleben.

Ich öffne meine Hand,
es berührt mich eine fremde Kraft.
Selten erreicht und doch geschafft,
blüht die Stille im Verstand.
Emotionen, grenzenloser Halt,
Freiheit, vergisst die Gewalt.

In den Trümmern dieser Welt,
ein Schmetterling erwacht.
Er fliegt davon, ohne Fragen zustellen,
mit Lebenswillen, tausend Tränen,
zum Glänzen gebracht.
Behütet in den Sonnenstrahlen
weit über neuem Horizont,

Bedingungslos atme ich
meinen inneren Frieden.
Seht, ich bin bei Euch, das ist mein Wille.
Und wünsche mir bis an der Welt Ende, friedliche
Stille.

Das Rezept der Liebe

Nehmt eine große Portion
Liebe und Vertrauen,

mischt es fröhlich zusammen.
Würzt sie mit Respekt und Dankbarkeit,

lasst es nicht anbrennen und bringt es nicht unnötig
zum Kochen.
Garniert es einfühlsam mit Toleranz und Harmonie.

Dekoriert sie nicht mit Gleichgültigkeit
und präsentiert sie auf einem Teller
mit Verständnis und Vernunft.

Und wenn ihr das Rezept auch ab und zu vergesst,
versucht Euch immer wieder zu verzeihen.

Seins

Kein Licht ist heller als Seins.
Optimismus ist Seins.

Die Schatten auf Erden zu verstehen suchen,
eine zweite Chance für sie, wünscht sich Seins.

Sein Segel aus Liebe, bringt Dich in jedes Licht.
Und klappt es auch nicht gleich auf Anhieb,
verliere nicht den Glauben an das Gute im Leben,
an den Optimismus und an die Kraft der Liebe.

Denn kein Licht ist heller als Seins.

Das letzte Blatt

Der Sommer nimmt langsam Abschied von diesem
Jahr und lässt dem Herbst den Einzug halten.
Die Temperaturen sinken, windig und feucht wird das
Wetter.
Morgennebel und kurze Tage sagen uns, dass das Jahr
langsam zu Ende geht.
Die Blätter der Bäume verfärben sich: das Grün wird
rot, das Rot wird braun und sie fallen ab.
Wie nach einer Konfettischlacht liegen die vielen
Blätter auf der Erde.
In einer Gasse steht ein Baum und seine Blätter sind
fast alle abgefallen.
Nur ein Blatt, das wollte nicht loslassen.

Die Blätter, die um den Baum herum auf dem Boden
liegen, rufen dem Blatt zu:
„Was willst du dich denn noch so lange am Baum
festhalten, für uns ist es Zeit zu gehen, so ist der Lauf
des Lebens".
„Nein und nochmals nein, ich will nicht", schreit
verärgert das Blatt an dem kahlen Ast.
Ich werde hier oben bleiben den Winter hindurch und
im Frühling, bin ich das erste Blatt am Baum."
„So ein Blödsinn" antworteten die schon langsam dürr
werdenden Blätter.
„Im Frühling kommen neue, junge und kräftige Blätter
und dazu brauchen sie auch deinen Platz."

Noch bevor das sture letzte Blatt am Baum nochmals
seinen Stand der Dinge erklären kann, weht ein
starker Wind in die Gasse und alle Blätter verstreuen
sich in alle Richtungen.

Die Ahornblätter fallen in ihrer Leichtigkeit zu Boden, man könnte meinen, sie legen sich sanft hin.

Die Luft ist kalt und es duftet nach dem ersten Schnee. Weit in der Ferne sind die Bergspitzen mit einer weißen Mütze aus Schnee bedeckt.
Noch immer hält sich das letzte Blatt an seinem Aste fest.
Eine graue Wolke zieht über das Land und die ersten Schneeflocken fallen bis in tiefe Lagen.

Einsam und allein hängt das Blatt an seinem Ast und wird langsam vom Schnee zugedeckt.
„Mir ist so kalt, stottert es, doch es denkt auch an den Frühling und freut sich auf die jungen, knackigen Blätter, die heranwachsen mit ihrer Naivität und unkomplizierten Denkweise.
Doch zuerst muss es den harten Winter überleben.

Das Wetter wirkt wie es will. Nichts auf der Welt kann es von seinem Vorhaben abbringen.
Endlich, denkt sich das alte Blatt, es wird Frühling.
Die ersten Blumen strecken Ihren Kopf dem Himmel entgegen. Auch Schnee und Regen mischen sich darunter und die Sonne sieht zaghaft hinter den Wolken hervor.
Braun zerknittert und schrumplig hängt noch immer das letzte uns alte Blatt am Baum.

So will sich das alte Blatt nicht den jungen Blättern zeigen und greift zu den Mitteln, die der Mensch auch so gerne benutzt.
Etwas grüne, straffende Farbe, trinkt elixierenden Saft und hängt schon fast, mit jugendlicher Frische am Ast.

Die Sonne hat nun auch Lust, sich vermehrt zu zeigen
und die Vögel kehren langsam vom Süden zurück
in unser Land. Wie die neue Geburt der Natur
verwandelt sich auch die Welt.

Die knackigen, jungen Blätter wachsen rasch um das
alte Blatt herum und alle glauben, es sei eines von
Ihnen. Ziemlich dumm nimmt das alte Blatt die Art
der jungen Blätter an, doch es kann sich nur mühsam
dieser schnellen und anders klingenden Sprech-und
Denkweise anpassen.
Die jungen Blätter fordern es immer wieder heraus,
da seine Naivität und Hemmungslosigkeit ihnen nichts
ausmacht und sie das als ganz normal empfinden. Es
freut sich darüber, doch nicht lange hält es dieser
Dauerleistung stand.

Der Frühling in seiner ganzen Schönheit sprießt, doch
das letzte Blatt fällt vom Baum in eine Pfütze. Die
Farbe wäscht sich sofort ab und alle sehen das alte
zerknitterte Blatt.

„Seht doch, dass ist ja ein altes Blatt."
„Spanner, alter Lüstling, du gehörst gar nicht zu uns",
beschimpfen ihn die jungen Blätter.
Wie recht sie doch haben.
Langsam zertrocknet und zerfällt das alte Blatt.
Eines weniger aber es hat noch immer zu viele davon.
Denn zuviele junge Blätter werden täglich belästigt
und missbraucht.

Deshalb fühlt und achtet auf Eure Sprösslinge, damit
ihre Seelen nicht zerstört werden, noch bevor sie zu
leben beginnen.